# VENTE APRÈS DÉPART

HOTEL DROUOT, SALLE N° 1

## Le Samedi 8 Décembre 1883

A DEUX HEURES

# BELLES TAPISSERIES

## ÉTOFFES ANCIENNES

## OBJETS DE CURIOSITÉ

### EXPOSITION PUBLIQUE

SALLE N° 8

Le Vendredi 7 Décembre 1883, de 1 heure 1/2 à 5 heures 1/2.

| M° Robert LE SUEUR | M. A. BLOCHE |
|---|---|
| COMMISS⁻ᵉ-PRISEUR | EXPERT |
| rue Le Peletier, n° 29 | rue Laffitte, n° 44 |

### PARIS — 1883

**V<sup>e</sup> RENOU, MAULDE et COCK**

IMPRIMEURS DE LA COMPAGNIE DES COMMISSAIRES-PRISEURS

Rue de Rivoli, 144.

# CATALOGUE

DE

# BELLES TAPISSERIES

## Tenture composée de sept Tapisseries verdures

PANNEAUX DU XVI<sup>e</sup> ET DU XVII<sup>e</sup> SIÈCLES

## DESSUS DE SIÈGES, BANDES, ÉCRANS

## ÉTOFFES ANCIENNES

POINT DE HONGRIE, BRODERIES, VELOURS, BROCART

Couvre-Lits, Tapis, Tentures, Bandeaux, Chapes, Chasubles, Dalmatiques
Costumes, Bandes

## ARMES, ARGENTERIE, BRONZES EUROPÉENS ET ORIENTAUX

Objets de vitrine, Porcelaines

DONT LA VENTE AURA LIEU

## PAR SUITE DE DÉPART

# HOTEL DROUOT, SALLE N° 1

## *Le Samedi 8 Décembre 1883*

A DEUX HEURES

| M<sup>e</sup> Robert LE SUEUR | M. A. BLOCHE |
|---|---|
| COMMISS<sup>re</sup>-PRISEUR | EXPERT |
| rue Le Peletier, n° 29 | rue Laffitte, n° 44 |

## EXPOSITION PUBLIQUE

### SALLE N° 8

Le Vendredi 7 Décembre 1883, de 1 heure 1/2 à 5 heures 1/2.

## PARIS — 1883

# CONDITIONS DE LA VENTE

Elle sera faite au comptant.

Les Acquéreurs paieront CINQ CENTIMES PAR FRANC, en sus des enchères, applicables aux frais.

Il ne sera reçu aucune réclamation, une fois l'adjudication prononcée.

# DÉSIGNATION

## TAPISSERIES, POINT DE HONGRIE

1 — Suite de sept belles Tapisseries dites *ver-dures*, représentant des paysages avec vues de châteaux, arrosés par des cours d'eau et animés de grands oiseaux. Bordures à fleurs et oiseaux. Longueur totale de la tenture 23ᵐ. Hauteur 3ᵐ10.

2 — Curieuse Tapisserie représentant l'Arche d' Noé, avec jolie **bordure à cariatides et figures allégoriques sur fond rose. Long.** 4ᵐ90. Haut. 3ᵐ55.

3 — Belle Tapisserie représentant, **par des** scènes champêtres, les sept **Péchés capitaux. Bordure composée d'animaux symboliques, de mascarons et d'attributs.** Long. 3ᵐ. Haut. 3ᵐ40.

4 — Deux jolis petits Panneaux en tapisserie de Bruxelles, représentant des sujets de chasse et des travaux champêtres, avec bordures à fleurs et fruits, xviiᵉ siècle.

5 — Tapisserie représentant une scène de l'histoire romaine. Composition de nombreux petits personnages avec bordures sur deux côtés représentant des bosquets, avec des grandes dames et des gentilshommes en costume Henri IV, des cariatides, des vases des fleurs et de guirlandes, xvi<sup>e</sup> siècle.

6 — Beau Rideau de Hechal représentant une perspective de parc à travers une colonnade enguirlandée de fleurs, supportant un baldaquin surmonté de panaches. Travail de tapisserie au petit point, partie argent, encadré de brocart d'argent, xviii<sup>e</sup> siècle.

7 — Joli Tapis de Théba en brocart d'argent, entouré de quatre lambrequins en tapisserie au petit point, lamé d'argent, et représentant des perspectives de parc sous des baldaquins, xviii<sup>e</sup> siècle.

8 — Deux petits Panneaux en tapisserie au petit point lamé d'argent, représentant des perspectives entre colonnades enguirlandées de fleurs et sous des baldaquins, xviii<sup>e</sup> siècle.

9 — Deux Bandeaux, fond en point de Hongrie, en soie gros bleu, avec dessin à grandes fleurs. Travail de tapisserie au point. Époque Louis XIII.

10 — Joli Bandeau, fond jaune, en tapisserie au point de Hongrie, dessin à fleurs et entrelacs, époque Louis XVI, partie brodée d'argent.

11 — Treize Coussins, Dessus de sièges et Dossiers en tapisserie, xviii<sup>e</sup> siècle (Sera divisé).

12 — Écran en tapisserie au point et au petit point : Sujet oriental, époque Louis XIV.

---

## CUIRS DE CORDOUE

13 — Plusieurs Bandeaux et Bandes en cuir de Cordoue (Seront vendus séparément).

---

## ÉTOFFES

14 — Coupe de brocart d'argent en trois lés réunis, époque Louis XIV.

15 — Quatre Lambrequins en faille blanche encadrée de brocart d'argent et ornée de grappes de raisin et de feuilles de vignes en broderie de soie et application de velours bordé d'un galon en velours de Gênes, fond jaune, xvii<sup>e</sup> siècle.

16 — Tapis rectangulaire en soie bleue claire, brodé d'argent et bordé d'une dentelle; revers en soie rose. Même travail, xviii<sup>e</sup> siècle.

17 — Beau Tapis en satin crème, richement brodé de fleurs , d'oiseaux et de rinceaux en or, argent et soie , époque Louis XIV.

18 — Petit Tapis à angles arrondis en damas de soie blanc, broché d'or, dessin à vases de fleurs, tables et gerbes, bordé d'un effilé tricolore, Louis XIV.

19 — Petit Tapis carré en soie blanche brochée d'or, dessin à fleurs et feuillages bordé d'un galon en velours de Gênes, fond rouge, Louis XIV.

20 — Bandeau en satin blanc, représentant deux écussons, fond jaune, dessin à rosaces en application, xvie siècle.

21 — Tapis de table en soie brochée verte, dessin à fleurs et feuillages, époque Louis XIV.

22 — Coupe de soie bleue claire brochée d'argent, dessin paysages, époque Louis XV.

23 — Beau Devant d'autel et Chasuble en velours de Gênes, fond d'argent, grands dessins, fleurs et ornements rouges, époque Louis XIV.

24 — Chape, Chasuble et deux Dalmatiques en brocart d'argent, fond bleu clair, riche dessin représentant des ruines, des coffrets, des tentures, des fleurs et des feuillages, époque Louis XIV.

25 — Chasuble et Chape en soie épinglée, fond jaune, brochée d'argent, dessin Louis XIV.

26 — Chape , Chasuble , deux Dalmatiques et Devant d'autel en soie rose brochée d'argent, époque Louis XIV.

27 — Chape, Chasuble et deux Dalmatiques en brocatelle rouge tissée d'or, xvie siècle.

28 — Chape en soie blanche brodée à fleurs, époque Louis XV.

29 — Chape en satin gris-perle broché à fleurs, avec bande et chaperon jaunes, époque Louis XV.

30 — Deux Dalmatiques et une Chasuble en soie rose brochée à fleurs et paysages, époque Louis XV.

31 — Chape en soie blanche brochée à fleurs, époque Louis XV.

32 — Chape en soie blanche brodée à fleurs, époque Louis XV.

33 — Trois Chapes en soie brochée , époque Louis XV.

34 — Chasuble en soie bleue claire brochée à fleurs, garnie de dentelles en fin, époque Louis XIV.

35 — Belle Chasuble en brocart fond vert broché d'or, dessin à fleurs et monument, garnie de galon en fin, époque Louis XIV.

36 — Chasuble en soie maïs brochée de rosaces et de feuillages en argent, avec galons d'argent.

37 — Chasuble en satin blanc broché, petit dessin, époque Louis XV.

38 — Tenture composée d'environ soixante
mètres de moire et satin jaune rayé,
époque Louis XVI.

39 — Tenture composée d'environ vingt-neuf
mètres de brocatelle fond vert, dessin
rouge.

40 — Couvre-Pied tout en broderie fond bleu
clair à fleurs, époque Louis XIII.

41 — Deux Portières en brocatelle verte,
xvi$^e$ siècle.

42 — Couvre-Pied en satin rayé crème, bleu et
rouge, Louis XVI.

43 — Couvre-Pied en brocatelle jaune d'or,
dessin rouge, xvii$^e$ siècle.

44 — Tapis fond rouge, avec fleurs brodées,
époque Louis XIII.

45 — Deux Couvre-Pieds en broderie, rosaces et
arabesques sur fond de toile damassée,
époque Louis XIV.

46 — Bande en soie blanche ornée de fleurs brodées, époque Louis XVI.

47 — Morceau de soie blanche brodée de rinceaux
et de fleurs, époque Louis XIV.

48 — Bandeau en soie blanche brodée à fleurs.

49 — Bandeau en brocart d'argent, dessin à
fleurs.

50 — Portière, forme arcade, en velours rouge
brodé à paillettes, xviii$^e$ siècle.

51 — Quatre Morceaux de soie verte brochée à fleurs, époque Louis XV.

52 — Morceau de soie orange brochée à fleurs, époque Louis XV.

53 — Petit Tapis en soie verte brodée à fleurs, Louis XV.

54 — Morceau de faille épinglée, fond blanc, brochée à fleurs, Louis XV.

55 — Cinq Morceaux de soieries, de différentes nuances, brochées à fleurs.

56 — Trois Garnitures de sièges en lampas rouge, dessin Louis XVI.

57 — Deux Bandeaux en soie blanche brodée, xviie siècle.

58 — Bandeau en brocart avec figure d'évêque et rinceaux brodés, xviie siècle.

58 *bis* — Bandeau analogue.

59 — Bandeau en soie blanche rayée brochée à fleurs.

60 — Tenture en brocatelle jaune, dessin rouge, composée d'environ 53 mètres.

61 — Garniture de lit complète en brocart d'argent fond jaune, dessin à fleurs, époque Louis XIV.

62 — Trois petits Tapis brochés et brodés.

63 — Coupe d'environ 11 mètres de Franges de soie rouge Henri II.

65 — Coupe d'environ 6 mètres de Franges jaune et rouge, même époque.

65 — Coupe d'environ 105 mètres de Bordure à
fleurs brochées sur fond vert clair.

66 — Coupe d'environ 120 mètres de Bordure à
fleurs brochées sur fond vert clair.

67 — Manteau en damas rouge broché, époque
Louis XIII.

68 — Habit en velours épinglé, époque Louis XVI.

69 — Gilet en peluche orange brodée à paillettes, xviie siècle.

70 — Habit en velours rouge.

71 — Coupe de Bordure, environ 25 mètres, fond
rouge, ornée d'applications, époque Renaissance.

---

# DENTELLES ET GUIPURES

72 — Bandeau en guipure au crochet, dessin
Louis XIII.

73 — Coupe d'environ 3 mètres de Guipure an-
glaise, dessin Louis XIV.

74 — Coupe de 3 mètres 60 Guipure de Bruges,
dessin Louis XIII.

75 — Coupe de 4 mètres 65 de Guipure flamande,
dessin Louis XIII.

76 — Coupe de 5 mètres de point de France,
époque Louis XV.

77 — Coupe de 3 mètres de Guipure de Bruges, petit dessin Louis XIII.

78 — Coupe de Guipure flamande, 3 mètres 40, dessin Louis XIV.

79 — Bande d'environ 3 mètres de Guipure au crochet, dessin Louis XIV.

80 — Bande de Guipure, 3 mètres 60, Louis XIV.

81 — Bande de Guipure florentine, dessin Louis XIII, 3 mètres 50.

82 — Petit Tapis carré en guipure, époque Louis XIII.

83 — Sept Nappes avec bordure et entre-deux en guipure.

84 — Deux Têtières bordées de guipure au crochet.

—

# ARMES

85 — Épée de cour, avec poignée et garde en argent faceté, époque Louis XVI.

86 — Épée de cour, avec poignée en argent, forme coquille, Louis XV.

87 — Épée de cour, avec poignée en argent, au chiffre de Napoléon I$^{er}$, finement ciselé. Signée G. BRUSA.

88 — Petite Épée, avec poignée en fer incrusté d'argent, XVI$^e$ siècle.

# ARGENTERIE

89 — Paire de Flambeaux en argent, époque Louis XV.

90 — Paire de Flambeaux en argent, époque Louis XIV.

91 — Bas-Relief en argent repoussé, représentant le Christ, époque Louis XIV.

92 — Plat en argent repoussé, à rosaces et arabesques, époque Louis XIV.

# OBJETS DE VITRINE

93 — Boîte en cailloux d'Égypte, monture à charnière en or, époque Louis XVI.

94 — Montre en or ciselé, de l'époque Louis XVI.

95 — Pendentif en roses, monture argent, époque Louis XIV.

96 — Étui en émail de Saxe, fond bleu, avec médaillon à paysage, époque Louis XV.

97 — Étui de nécessaire en galuchat, avec ornements en argent, époque Louis XV.

98 — Médaillon (Portrait d'un gentilhomme du moyen âge), bas-relief en cire dans un écrin.

99 — Petite Bonbonnière en pierre dure, avec mosaïque.

100 — Étui de nécessaire en écaille piquée d'argent, Louis XVI.

101 — Horloge de bureau, forme horizontale, en cuivre, époque Louis XIII.

102 — Petit Souvenir en nacre gravée d'argent, Louis XVI.

## BRONZES EUROPÉENS

103 — Deux Flambeaux formés par des figurines en bronze doré, xviiie siècle.

104 — Deux petits Bustes : Empereurs romains, en bronze doré, sur fûts en marbre vert et blanc, xviiie siècle.

105 — Figurine en bronze florentin (Neptune), xvie siècle.

106 — Buste de Pétrarque en bronze, xvie siècle.

107 — Petit Mortier en bronze, de la Renaissance.

108 — Encrier en bronze, de la Renaissance.

109 — Encrier supporté par trois figurines en bronze, de la Renaissance.

110 — Support à trois figures en bronze vert.

111 — Figurine de Mercure en bronze.

112 — Six Ornements en bronze doré, époque
Louis XIV.

113 — Plaquette en bronze doré : Attributs guer-
riers.

114 — Deux Plats en cuivre repoussé.

## BRONZES D'ORIENT

115 — Beau Cornet à quatre faces, décoré de
grecques et de saillies. bronze ancien de
Chine.

116 — Divinité en bronze doré du Cambodge.

117 — Grande Chimère en bronze ancien du
Japon.

118 — Petite Chimère, formant cassolette, en
bronze ancien du Japon.

119 — Cornet à quatre faces, orné de saillies, en
bronze ancien de Chine.

120 — Deux Flambeaux de pagode, supportés par
trois têtes chimériques, bronze ancien
du Japon.

121 — Deux Flambeaux formés d'Ibis sur des
tortues, bronze ancien du Japon.

122 — Divinité en bronze ancien de Chine
rehaussé de vestiges d'or.

123 — Brûle-Parfums, porté par trois têtes d'éléphants, avec couvercle repercé en bronze noirci et frotté : bronze ancien du Japon.

124 — Figurine (Musicien) en bronze du Japon.

125 — Quadrupède en bronze du Japon.

126 — Jardinière, forme oblongue, en bronze du Japon.

127 — Petit Vase surbaissé en bronze ancien gravé du Japon.

128 — Cornet cylindrique en étain repercé, dessins chinois et anciens.

129 — Vase en bronze ancien du Japon, avec anses à anneaux mobiles.

130 — Divinité en bronze rehaussé d'or du Cambodge.

131 — Ornements de pagode en bronze ancien du Japon.

---

# PORCELAINES ET OBJETS DIVERS

132 — Douze Assiettes en ancienne porcelaine de Sèvres, décor à fleurs.

133 — Deux Potiches du Japon.

134 — Deux Potiches de Delft.

135 — Plateau en marqueterie de Ning-Po.

136 — Deux Plats d'Imari.

137 — Deux Supports en bois noir, avec trompes d'éléphants.

138 — Douze Assiettes d'Imari.

139 — Deux Pots à tabac en porcelaine, avec armoiries.

140 — Deux Supports en laque rouge de Pékin.

141 — Accessoires de costumes.

142 — Objets non catalogués.

Vᵉ Renou, Maulde et Cock, imprᵉ de la Cⁱᵉ des Commissaires-Priseurs, rue de Rivoli, 144. 43301